Un ami pour mon ours

Pour Julie

Titre de l'ouvrage original : HOW I FOUND A FRIEND by Irina Hale
Éditeur original : Viking Penguin,
a division of Penguin Books USA Inc.
Copyright © Irina Hale, 1992
All rights reserved.
Pour la traduction française,
publiée en accord avec Viking Penguin,
a division of Penguin Books USA Inc :
© 1994 Castor Poche Flammarion
ISBN : 2-08-162964-X - ISSN : 0993-7900
Imprimé en Italie par Vincenzo Bona, Turin - 09-1994
Flammarion et Cie, éditeur (N°17795) - Dépôt légal : octobre 1994
Loi n° 49-956 du 16 juillet 1949 sur les publications
destinées à la jeunesse

Irina Hale

Un ami
pour
mon ours

traduit de l'américain par
Rose-Marie Vassallo

Castor Poche
Flammarion

Un jour,
je vois passer un garçon
avec un gros ours marron.

J'aimerais bien
qu'il devienne mon ami.

Le voilà
qui repasse par ici.

J'ai mon ours aussi,
cette fois.

Le deuxième jour,
je perche mon ours sur le mur.

Le garçon veut prendre mon ours
et mettre le sien à la place.

Mais sa maman lui dit :
– Laisse cet ours,
il n'est pas à toi.

Le troisième jour,
je mets mon chapeau
à mon ours.

L'ours marron
a une casquette.

– Bonjour !
dit l'ours marron
à mon ours.
Ton chapeau
me plaît, tu sais.

– Bonjour !
répond mon ours.
Moi, j'aime bien
ta casquette.
Si on devenait amis ?

– Bonne idée,
dit l'ours marron.
Tu me prêtes
ton chapeau ? ...

– Et voilà ma casquette.
J'adore les échanges !

Et tous deux, assis sur le mur,
regardent tomber la nuit.

Le quatrième jour,
je suis bien étonné de voir que
nos ours ont fait un échange !

L'autre garçon aussi est surpris.

Il dit :
– Drôle d'histoire !
On dirait
qu'ils se connaissent !

Ma mère
dit à la sienne :
– Vous prendrez bien
une tasse de café ?

Pendant qu'elles boivent leur café,
nous regardons la télé.

Nos ours la regardent avec nous.

Nos ours sont amis
et nous aussi.

Castor Poche Benjamin